SALOMO BAAL-SHEM
Das Halloween-Ritual

www.occultfiction.com

Das Buch

Mysterienschülerin Gerda soll ihr erstes Halloween-Ritual in der Tradition der alten Erdmagie leiten und den Schleier zur Totenwelt öffnen. Doch dieses Jahr fällt Halloween auf einen Vollmond und in der Hexenkunst sagt man, dass zu dieser Zeit alle magischen Kräfte verstärkt werden und außer Kontrolle geraten können. Wie real ist die Gefahr, dass Kreaturen der Anderswelt wie Werwölfe oder andere Unholde durch das Ritual angelockt werden könnten und wie werden Gerda und ihre Gefährten damit umgehen?

Okkulte Fiktion mit ausführlichem Glossar im Anhang.

Der Autor

Salomo Baal-Shem ist ein Eingeweihter und Adept der westlichen Mysterientradition. Er war ein persönlicher Schüler von Dolores Ashcroft-Nowicki und Paddy Slade und ist der amtierende Großmeister der Bruderschaft des Ewigen Lichtes. Er hat Philosophie und Judaistik mit Spezialisierung auf Qabbalah und Hermetik studiert. Er ist außerdem Hypnotherapeut und verfügt über mehr als fünfundzwanzig Jahre Erfahrung als spiritueller Lebensberater.

Weitere Titel des Autors:

Die Nachricht. Warnung, lies nicht weiter!
Qabbalistic Magic: Talismans, Psalms, Amulets, and the Practice of High Ritual (Sachbuch)

Salomo Baal-Shem

Das Halloween-Ritual

Okkulte Fiktion basierend auf tatsächlichen
Praktiken und Erfahrungen in der Magie und den
westlichen Mysterien

Impressum

Bibliografische Information der Deutschen Nationalbibliothek:
Die Deutsche Nationalbibliothek verzeichnet diese Publikation in der Deutschen Nationalbibliografie; detaillierte bibliografische Daten sind im Internet über http://dnb.dnb.de abrufbar.

© 2023 Salomo Baal-Shem
Website: http://www.qabbalah.de
Umschlag, Illustration: Salomo Baal-Shem
Korrektorat: Andrea Shelor

Verlagslabel: Occult Fiction,
http://www.occultfiction.com

ISBN
Paperback   978-3-384-04630-7
Hardcover   978-3-384-04631-4
E-Book   978-3-384-04632-1
Hörbuch   9783989117525

Dieses Buch ist Paddy Slade gewidmet.
(1939 – 2018)

Danksagungen

Meinen aufrichtigen Dank an meine Alpha- und Betaleser: Tara, Andrea Shelor, Oholiab Schildmann, Ariael, Krysto, Maili, Loridana, sowie meine anonymen Betaleser.

Einen besonderen Dank an Andrea Shelor für das Korrektorat und die Formatierung des Glossars und an Oholiab Schildmann für die Zusammenarbeit bei der Erstellung des Hörbuches.

ACHTUNG: Dieses Buch ist eine okkulte Fiktion, aber kein reines Fantasy-Werk. Während die Geschichte selbst zwar frei erfunden ist, beschreibt sie dennoch Ereignisse, Veranstaltungen, Praktiken und Erfahrungen, die es im Okkultismus und in den westlichen Mysterien tatsächlich gibt und sie ist in einer Terminologie verfasst, wie sie wirklich verwendet wird.[1]

---

[1] Weitere Infos dazu im Anhang: Glossar (Achtung: Spoiler!)

Inhalt

Es wird gesagt, wir sollen [...] bei Vollmond [magisch] arbeiten, [doch grade] dann können alle möglichen Probleme unsere Arbeit beeinträchtigen. Bei Vollmond wurden mehr Schlachten geschlagen, mehr Morde begangen und mehr allgemeines Chaos ausgeheckt als jemals in der dunklen Mondphase. — Paddy Slade[2]

1

.erda schritt über den Ritualplatz. Es roch nach feuchter Erde. Ihr Herz klopfte laut. Die hohen Bäume des nahen Waldes knarrten und ächzten, während sie sich im Wind hin- und herwiegten. Langsam warf die Dunkelheit ihren schwarzen Mantel über das Gebiet, und der Oktobervollmond, der *Hunter's Moon*, wie man ihn in England nannte, ging gerade auf. Die ersten Sterne funkelten am Himmel, und irgendwo in der Ferne rief ein Uhu aus dem nahegelegenen Wald.

Sie spielte unruhig an dem Amulett herum, das ihr bei ihrer *EarthCraft*-Weihe verliehen worden war. Es glitzerte im Mondlicht, das diffus zwischen den Wolken hindurchschimmerte.

---

[2] *Seasonal Magic: Diary of a Village Witch, p. 200.*

Sie schaute hoch. Dieser Vollmond war ein *Blue Moon*, etwas geradezu sprichwörtlich[3] Seltenes, und noch seltener war es, dass Halloween auf einen solchen fiel. Ihr Magen spannte sich an. Düstere Wolkenschwaden ballten sich über den Baumwipfeln zusammen und zogen über weite Teile des Himmels, doch das war die geringste ihrer Sorgen. Es war ausreichend trockenes Holz vorhanden, und solange das Ritualfeuer brannte, konnte Halloween oder *Samhain*, wie das Fest ursprünglich hieß, stattfinden.

Aber war sie wirklich bereit dafür? Die anderen erwarteten von ihr, wohl auch aufgrund ihres Alters, dass sie sich ihrer Sache gewiss war. Doch leider war sie erst spät im Leben zu den Mysterien gekommen.

Der Abendwind blies kalt über die Feuerstelle. Die langen Schatten der mächtigen Tannen zogen sich über die Lichtung wie gespenstische Finger aus der Unterwelt, die sich nach den Lebenden ausstreckten. Wenn alles so lief wie geplant, dann würde das Ritual in dieser Nacht den Schleier zur Anderswelt und sogar die Tore zum Totenreich öffnen.

Gerda hatte auf ihren Fingernägeln herumgekaut. Was, wenn tatsächlich die Geister der Verstorbenen und die verlorenen Seelen erscheinen würden? Sie knirschte unwillkürlich mit den Zähnen. Würde sie das wirklich wollen? Würde sie damit umgehen können? Was, wenn sich ganz andere Wesen aus der Anderswelt zeigten?

---

[3] Die englische Redewendung "Once in a blue moon" bezeichnet ein sehr seltenes Ereignis.

2

ie lange war es noch hin, bis die anderen kamen? Gerda schaute auf ihr Smartphone. Da war ein Anruf von ihrem Lehrer. So kurz vor einem Ritual? Wie ungewöhnlich. Sie hatte vor einigen Tagen mit ihm gesprochen und von ihren Zweifeln erzählt. Die Aufgabe, die er ihr gestellt hatte, verursachte bei ihr ein komisches Gefühl im Bauch. Vielleicht wäre es besser, wenn er ihr nahelegen würde, das Ganze abzusagen.

Sie rief ihn zurück.

Abraham begrüßte sie. Seine Stimme war ruhig, doch sie kam Gerda gleichzeitig auch herausfordernd vor, wie die eines väterlichen Freundes, der ihre Ausreden kannte, aber nicht akzeptierte. Der sie sogar vorausahnte, bevor sie ihr selbst einfielen. »Und? Bist du immer noch nervös?«, fragte er.

»Ehrlich gesagt schon.«

»Was ist deine größte Sorge?«

»Ich weiß immer noch nicht, ob ich dem gewachsen bin. Vor allem wegen der Seelen der Verstorbenen, um die es bei diesem Ritual geht.«

»Ich habe vollstes Vertrauen in dich. Du hast genug Erfahrung, es wird Zeit, den nächsten Schritt deiner Ausbildung zu wagen.«

»Aber es ist ja schon eine große Verantwortung.«

Ein paar dunkle Kumuluswolken zogen an der hellen Mondscheibe vorbei.

Gerda runzelte die Stirn. »Und ich weiß auch nicht, was ich davon halten soll, dass Samhain und Vollmond zusammenfallen.«

»Was bedeutet Vollmond denn astrologisch und qabbalistisch?«

»Bei Vollmond fließt die Kraft der Sonne über den Mond zur Erde hin?«

»Genau, qabbalistisch gesehen strömt die Energie von *Tiferet*, dem solaren Bewusstsein, über *Jesod*, das lunare Unterbewusstsein und die Astralebene, nach *Malchut*, also zur materiellen Welt. Dies verstärkt die Kraft magischer Arbeit enorm.«

»Du meinst, bei Vollmond manifestiert sich das Bewusstsein durch die Vermittlung des Unterbewusstseins in der Materie und das verstärkt jede Magie?«

»Genau!«

»Aber ist Vollmond nicht auch eine Zeit des Chaos? Warum heißt es denn, bei Vollmond verwandeln sich manche Menschen in Werwölfe?«

»Die Magie verstärkt alles, was man ins Ritual mitbringt. Das gilt auch für die unausgeglichene Seite des Charakters. Deshalb ist Charakterschulung auf dem magischen Pfad so wichtig. Wenn jemand keine Kontrolle über sich hat, dann wird dies durch den Vollmond noch verstärkt. Im Werwolf hat die animalische, unbewusste Seite in der Magie die Kontrolle übernommen. Der Mensch wird zum Tier, aber es kommt nur das stärker in ihm hervor, was schon vorher in ihm war. Carl Jung nannte es den Schattenaspekt der Persönlichkeit.«

»Und warum bekämpft man Werwölfe mit Silber?«

»Was symbolisiert Silber denn?«

Sie rieb sich den Nacken. »Ich weiß nicht.«

»In der Alchemie ist Silber das Metall des Mondes und des Unterbewusstseins.«

Gerda hielt einen Moment inne. Die Stille wurde kurz unterbrochen, als an der abgelegenen Landstraße in einiger Entfernung ein Auto vorbeifuhr.

»Gibt es Werwölfe denn wirklich?«

»Sehr selten. Wenn du mehr darüber wissen willst, schau doch nochmal in deine Ausbildungsunterlagen zu *Haganat ha-Nefesh* Teil Eins, da gehen wir noch tiefer darauf ein.«

Haganat nannten sie das Training in spiritueller Selbstverteidigung. Würde sie dieses Wissen heute Abend brauchen?

»Aber wegen des Rituals heute Nacht«, ergänzte Abraham, »musst du dir keine Sorgen um diese Dinge machen.« Es war, als kannte er ihre Gedanken.

»Warum nicht?«, fragte sie.

»Vor allem, weil solche Phänomene, wie gesagt, sehr, sehr selten sind.«

Gerda zog die Augenbrauen zusammen. So selten wie ein *Blue Moon* vielleicht?

16

»Aber auch«, fuhr Abraham fort, »weil – und das war der eigentliche Grund meines Anrufes – ich auch noch eine Überraschung für dich habe.«

»Rück' schon raus!«

»Du hattest doch um Unterstützung gebeten. Ich schicke dir eine weitere Teilnehmerin mit viel Ritualerfahrung, die bereit ist, dich bei deinem ersten erdmagischen Ritual zu unterstützen.«

»Echt? Wen denn?«

»Das verrate ich nicht, es ist, wie gesagt, eine Überraschung. Aber damit das klar ist, sie kommt nur als moralische Unterstützung und um in dem unwahrscheinlichen Fall zu helfen, dass irgendwelche verlorenen Seelen ankommen, die nach dem physischen Tod nicht ins Licht gefunden haben, und mit denen du nicht umgehen kannst. Auch wenn du im letzten Moment unsicher bist, bitte sie nicht, das Ritual zu leiten. Das ist deine Aufgabe.«

Sie seufzte. »Okay. … Weiß sie, wo unser Ritualplatz ist?«

»Ja, ich habe ihr alles genau beschrieben. Sie hat deine Handynummer für alle Fälle. Sie wird, wenn sie sich nicht verspätet, vermutlich erst ganz kurz vorher eintreffen und danach auch nicht lange bleiben können.«

»Und woran erkennen wir sie?«

»Ich bin sicher, du wirst sie erkennen. Umarm sie ganz herzlich von mir. Ich treffe mich in zwei Wochen zum Essen mit ihr, dann frage ich sie mal, wie es war. Ich wünsche euch gutes Gelingen und ein frohes Samhainfest.«

»Dir auch ein frohes Samhainfest, Abraham.«

Es war toll, Hilfe beim Ritual zu bekommen, wenn da nur nicht gleichzeitig die Unsicherheit des mysteriösen

Überraschungsgastes wäre. Typisch Abraham, ihr nicht zu sagen, um wen es sich handelte. Er machte solche Dinge öfter, um seine Schüler auf Trab zu halten. Gerda musste sich wohl oder übel ihren Ängsten stellen.

3

.twa eine halbe Stunde später trafen Alex, Olaf und Anika ein. Alle hatten sich bereits passend gekleidet. In seiner blauen Tunika sah Alex mit seiner kräftigen Statur und seinen langen blonden Haaren im Dämmerlicht fast wie ein Wikinger aus. Anika trug ein Kleid aus pflanzengefärbter Wolle und Olaf einen grauen Filzumhang. Er kam als letzter und humpelte zum Ritualplatz.

»Hast du dich verletzt?«, fragte Gerda.

Olaf grunzte nur etwas Unverständliches vor sich hin.

»Er wurde von einem Hund gebissen«, erklärte Anika.

»Oh, meine Güte! Wie ist das denn passiert?«

»Auf einem abendlichen Rundgang.«, antwortete Olaf. Er war Förster und viel alleine in der Natur unterwegs. »Ein freilaufender Köter. Ein großer grauer Schäferhund oder so was.«

Gerda rieb sich das Kinn. »Gibt es graue Schäferhunde?«

Alex grinste. »Nachts sind alle Hunde grau.«

»Sind das nicht eher die Katzen?«

»Wie, und die Hunde nicht?«

Gerda blickte zu Olaf. »Wann war das denn?«

»Vor ziemlich genau einem Monat.« Olaf schaute zum Himmel. »Auch so eine Vollmondnacht. Es wird gesagt, dass die Tiere zu Vollmond bissiger wären. Langsam glaube ich das auch.«

»Wie ist es denn dazu gekommen?«

»Keine Ahnung. Der kam irgendwie aus dem Nichts und plötzlich spürte ich den Schmerz. Ich versuche ihn abzuwehren und bevor ich mich versehe, ist er schon wieder verschwunden.« Er rieb sich den Unterschenkel. Der silberne Ring an seinem Finger funkelte im Mondlicht. *Silber!*

»Und der Hundehalter?«, fragte sie.

»Konnte nicht gefunden werden. Er hatte auch kein Halsband, glaube ich.«

»Der Hundehalter?«, witzelte Alex.

»Der Hund! Blödmann. Vielleicht war er entlaufen oder herrenlos.«

»Und da man den Hund nicht testen konnte«, ergänzte Anika, »musste er auch noch seine Tollwutimpfung auffrischen.«

Olaf kniff die Augenbrauen zusammen. »Und die blöde Wunde ist nach einem Monat immer noch nicht richtig verheilt.«

»Das Einzige, was ein bisschen geholfen hat war *Refuah*, aber selbst mit spiritueller Heilung ist die Wunde hartnäckig.«

»Merkwürdig. Mensch, ich hoffe, dass das bald wieder ganz in Ordnung ist«, sagte Gerda und Alex stimmte zu.

Kurz darauf kam auch Kathi, die jüngste Teilnehmerin. Sie trug ein weites lila Batiktuch über einem dunkelroten mittelalterlichen Kleid. Jetzt fehlte nur noch der ‚Überraschungsgast‘.

Alex wippte von einem Fuß auf den anderen. »Warten wir noch auf jemanden?«

Gerda zuckte mit den Schultern. »Ich denke schon.«

»Ich denke? Was heißt das? Auf wen denn?«

»Ich weiß nicht.«

»Wir warten auf jemanden, aber du weißt nicht auf wen?«

»Abraham hat mir gesagt, dass noch jemand kommt, aber nicht, wer es ist.«

Alex lachte. »Typisch Abraham!«

»Das habe ich auch gedacht.« Sie schmunzelte. »Habt ihr alle, wie angekündigt, die Stöckchen dabei?« Zur Vorbereitung hatte sich jeder ein trockenes Stöckchen gesucht und es eine Zeit lang mit sich herumgetragen. Gerda hatte erklärt, dass jeder sich dabei Gedanken über das vergangene Jahr machen sollte – insbesondere darüber, was er loslassen wollte oder musste – da es bei Samhain eben vor allem um das Thema Tod geht und Tod etwas mit Wandel und mit Loslassen zu tun hat.

Alle bejahten.

»Sollen wir schon mal das Feuer starten?«, fragte Olaf.

»Gute Idee.«

Er zog den Silberring ab, steckte ihn weg und fing an Feuerholz anzuschleppen. Alex half ihm.

Kathis Augen strahlten. »Ich freue mich schon auf mein erstes Mysterienritual im Freien.«

20

»Ich glaube, da verwechselst du was«, sagte Gerda. »Das Ritual heute Abend gehört nicht zu den hohen Mysterien.«

»Sondern?«

»Zur alten Erdmagie!«

»Du meinst Hexenkunst?«

Gerda presste die Lippen zusammen. »Ja und nein. Abraham beispielsweise mag den Begriff „Hexenkunst" nicht besonders, er ist für ihn zu sehr mit der Vorstellung von schwarzer Magie verbunden. Er nennt diese alte Magie *EarthCraft*.«

»Das ist aber dann doch nur ein anderes Wort für Wicca oder Neo-Schamanismus?«

»Nein!« Sie klang energischer als sie wollte. »Es ist der alte Weg der erdmagischen Arbeit mit dem Land, den Abraham von Debby Blade gelernt hat.«

Kathi runzelte die Stirn. »Von wem?«

»Debby stammt selbst aus einer jahrhundertealten englischen ‚Hexenfamilie‘. Sie hat dieses traditionelle Wissen von ihrer Großmutter gelernt.«

»Wow! Ich würde gerne wissen, wie das ist, so aufzuwachsen.«

Gerda nickte. »Ich auch! Leider habe ich sie bisher noch nicht kennengelernt. Was ich weiß, habe ich von Abraham gelernt.« Sie rieb ihr Amulett. Dann murmelte sie vor sich hin. »Hoffentlich machen wir dir heute Abend keine Schande, Abraham.«

Mittlerweile hatten Olaf und Alex das Feuerholz aufgestapelt und begannen ein paar kleine Zweige zu entzünden. Ganz trocken war das Holz nicht. Es qualmte in Gerdas Richtung. Sie verzog das Gesicht.

Kathi hüstelte, als sie den Qualm abbekam. »Und worum genau geht es bei diesem Ritual heute Nacht?«

Alex rief mit gespielter Empörung: »Willst du ernsthaft sagen, dass du keine Ahnung hast, was wir heute feiern?«

Kathi zuckte mit den Achseln.

Alex rollte betont mit den Augen und Kathi kicherte.

»Der Legende nach«, erklärte Gerda, »ist *Samhain* die Nacht, in der der Schleier zwischen dieser Welt und der Anderswelt besonders dünn ist. Man sagt, in dieser Nacht ist es all jenen, die „The Sight", also das zweite Gesicht haben, möglich, die Seelen der Verstorbenen wahrzunehmen.«

»Warum ist das so?«, fragte Kathi.

»Im Jahreskreislauf steht das Fest unter der Herrschaft des Zeichens Skorpion, dem astrologisch das Haus des Todes und der Transformation entspricht. Und die Kraft des Vollmondes verstärkt die Wirkung von Samhain in diesem Jahr um ein Vielfaches.«

»Also Vorsicht!«, rief Alex mit verstellter tiefer Stimme. »Nicht ohne Grund erzählt der Volksmund davon, dass Werwölfe und andere Unholde bei Vollmond ihr Unwesen treiben.«

Der Schrei eines Uhus schallte durch die Dunkelheit.

Kathi schmunzelte, aber Gerda lief ein Schauer über den Rücken. Sie hielt inne.

Kathi lehnte sich vor. »Habt ihr schon mal die Anderswelt gesehen? Ich meine sowas wie Geister oder Feen.«

»Leider nicht.«, Gerda biss sich auf die Lippe. »Weder bei einem Ritual noch bei anderer Gelegenheit.« Sie schaute zu Boden. »Offenbar wurde ich nicht mit der Gabe des zweiten Gesichtes gesegnet.«

»Woher willst du das wissen?«, fragte Alex.

Gerda verdrehte die Augen. »Hab' ich doch grade gesagt.«

22

»Warst du schon bei *Qabbalah Nevuit*?«

»Ich wollte nächstes Jahr teilnehmen, wenn eine neue Ausbildungsreihe dazu beginnt. Aber ich war mir ehrlich gesagt nicht sicher, ob es für mich überhaupt sinnvoll wäre. Hab' wohl kein Talent dafür.«

»Wieso nicht? Abraham sagt, dass Hellsehen nicht angeboren ist. Jeder kann lernen, die Astralebene wahrzunehmen.«

»Wovon redet ihr überhaupt?«, fragte Kathi.

»*Qabbalah Nevuit*«, erklärte Alex, »ist die prophetische Qabbalah, auch bekannt als—« Er machte eine betont dramatische Pause. »Der westliche Weg zu Hellsichtigkeit.«

»Qabbalah?«

»Die *Qabbalah* ist die hebräische Geheimlehre«, ergänzte Gerda. »Der Kern der westlichen Mysterientradition.«

Kathis Augenbrauen zogen sich zusammen. »Ich weiß, der Begriff taucht dauernd irgendwo auf, aber ich kann mir darunter gar nichts vorstellen.«

»Man unterscheidet die theoretische, praktische und prophetische Qabbalah. Die praktische Qabbalah lehrt die ritualmagische Anwendung der theoretischen Qabbalah und stellt das aktive Gegenstück zur passiv wahrnehmenden prophetischen Qabbalah dar.«

Kathi schaute schulterzuckend zu den anderen.

Alex lachte. »Übersetzt bedeutet das, spirituelle Weisheit, magische Praxis und übersinnliche Wahrnehmung. Gerda spricht gerne wie ein Lexikon, wenn sie unsicher ist.«

Alle Blicke richteten sich auf Gerda. Sie spürte, wie das Blut in ihren Kopf stieg.

Anika setzte sich zu ihr. »Warum bist du unsicher?«

Gerda schluckte. *Na super!* Das fing ja gut an. »Etwas aufgeregt trifft es vielleicht besser.« Sie lächelte gezwungen.

Alex klopfte ihr auf die Schulter. »Du machst dir viel zu viele Gedanken. Du bist doch keine Anfängerin mehr. Wir waren doch zusammen bei *Qabbalah Maasit*[4].« Er schaute kurz grinsend zu Kathi. »Ja, schon wieder Qabbalah.«

Gerda seufzte. »Das war aber Zeremonialmagie und nicht Erdmagie, Es ist trotzdem das erste Mal, dass ich ein *EarthCraft*-Ritual leite.«

Nach einer Viertelstunde brannte das Ritualfeuer hell genug. Alles war bereit, nur von dem Überraschungsgast war nichts zu sehen. Vielleicht hatte sie sich verspätet. Gerda hatte Abraham nochmal angerufen, konnte ihn aber nicht erreichen.

Olaf rieb unruhig die Bisswunde an seinem Bein.

Sie versuchte, die anderen noch etwas hinzuhalten, aber als nach einer weiteren halben Stunde immer noch niemand gekommen war und die anderen immer mehr drängelten, stimmte sie zu, mit dem Ritual zu beginnen.

Das mulmige Gefühl in ihrem Magen hatte sich dadurch leider nur noch verstärkt. Irgendwie war das alles kein gutes Omen. Wie dem auch sei, ein Rückzieher kam jetzt nicht mehr in Frage. Sie schaltete ihr Handy aus. Es war an der Zeit, mit dem Ritual zu beginnen.

---

[4] *Qabbalah Maasit* (hebr. קַבָּלָה מַעֲשִׂית): bedeutet „praktische →*Qabbalah*". Im Buch ist es der westliche Weg der →*Zeremonialmagie*, wie er von Abrahams Lehrer Rabbi Chajim aus traditionellen Quellen entwickelt und gelehrt wurde. (Siehe auch Glossar im Anhang!)

4

lle Ritualteilnehmer stellten sich um den Ritualplatz. Gerda nahm den Reisigbesen und zog fegend den magischen Kreis, der den rituellen Raum abgrenzt.

»Alles Unheil das gewesen,
Vertreib ich mit dem Zauberbesen.«

Der Wind heulte auf und die Vögel verstummten für einen Augenblick.

Die anderen Teilnehmer baten, wie es üblich war, den Kreis betreten zu dürfen. Gerda reinigte jeden beim Eintreten mit geweihtem Wasser und Alex segnete danach jeden mit Weiheöl.

Dann sprach Alex seine Anrufung:

»Das Heilige Feuer brennt strahlend und helle,
Verbindet uns stets mit der göttlichen Quelle.
Bei Feuer, Wasser, Erde und Wind,
Ihr Geister des Landes erscheinet geschwind.

Bei Wasser, Feuer, Wind und Erde,
  gebt Kraft uns, dass Gutes geschehen werde.«

In dem Moment, als er geendet hatte, kam eine Windböe und das Feuer loderte auf. Die Geister des Landes schienen die Einladung angenommen zu haben.

Gerda öffnete sich innerlich für die Anderswelt. Konnte sie vielleicht doch irgendwas spüren? Sie wartete eine Weile — nichts. Was hatte sie auch erwartet? Dass sie plötzlich hellsichtig wurde? Hatte die Anrufung überhaupt funktioniert?

Ja, das hatte sie! Da war ein Gefühl tief in ihr. Ein Gefühl der Gewissheit. Dieses Ritual würde kraftvoll werden.

5

s folgte der wichtigste Teil des Samhainfestes: Das Einladen der Verstorbenen und der verlorenen Seelen. Gerda knirschte mit den Zähnen. Was, wenn sie dem Ganzen nicht gewachsen war? Vielleicht wäre es besser, wenn sie diesen Teil auslassen würde, aber dann würde das ganze Ritual weniger Sinn ergeben. Aber wenn sie die Toten rufen würde und damit nicht umgehen könnte, wäre das nicht noch viel schlimmer? Ihr Brustkorb schnürte sich zusammen. Was würden die anderen denken, wenn sie diesen Teil ausließe? Es half nichts, sie musste da jetzt durch.

Kathi und Anika schauten zu Gerda. Sie warteten auf ihr Signal, dass es losgehen konnte. Gerda schluckte. Sie merkte, wie sich ihr Atem beschleunigte. Sie nickte den beiden zu und jede nahm eines der Ritualschwerter. Dann stellten sich Kathi und Anika mit den beiden gekreuzten Klingen vor das Feuer.

»IHR VERLORENEN SEELEN KOMMET HERVOR.
ES ÖFFNE GESCHWIND SICH DER ANDERSWELT TOR.«

Bei diesen Worten machte Gerda eine Geste, als ob sie einen Vorhang öffnen würde und die beiden öffneten die Schwerterbarriere.
Hatte es funktioniert?
Nichts passierte.
Olaf blätterte hektisch in seinem Ritualheft.

Gerda ignorierte ihn. Sie achtete ganz genau darauf, ob sie irgendwas Besonderes wahrnehmen konnte.

Nichts.

Minuten erstreckten sich über eine gefühlte Ewigkeit. Gerda starrte ins Leere.

Dann knackte es irgendwo in der Nähe. Einer der anderen musste auf einen trockenen Zweig getreten sein. Erst jetzt bemerkte Gerda, dass die anderen sie wartend anschauten. Olaf hatte beim Warten offenbar ein paar unachtsame Schritte gemacht und den Schutzkreis verlassen.

6

.omm wieder in den Kreis.«, rief Gerda mit gedämpfter Stimme.

»Oh. Tschuldigung!«, murmelte er.

Alex schaute zu ihr. »Wie sollen wir weitermachen?«

»Wir müssen Met und Brot segnen.« Kathi und Anika schlossen die Barriere wieder und Alex holte die Flasche mit dem Honigwein, das Trinkhorn und den Gabenteller hervor.

Ein Uhu rief dreimal. Ob es derselbe war wie zuvor? In der Ferne leuchteten die Scheinwerfer eines Autos, das die hügelige Landstraße entlang fuhr. Gerda verfolgte den Weg des Fahrzeugs mit den Augen.

Alex blickte zu ihr herüber. »Ist alles in Ordnung?«

»Ja, ja.«

Die Scheinwerfer kamen näher und das Auto entpuppte sich als Taxi. Es hielt an der Landstraße. Eine Tür wurde zugeschlagen. Jemand stiefelte von der Straße zum Ritualplatz.

Gerda hielt inne.

»Was ist?«, fragte Alex.

»Lasst uns einen Moment warten!«

Eine kleine alte Frau in einem geflickten Umhang schleppte sich den Trampelpfad von der Straße zum Ritualfeuer entlang.

Gerda starrte mit offenem Mund auf die Frau. Auf dem Cover eines Buchs über Naturmagie hatte sie ihr Gesicht schonmal gesehen. Das Foto von damals zeigte sie 30 Jahre jünger, aber dennoch war sie unverkennbar.

KAPITEL 6

Abraham hatte Debby Blade eingeladen, zu ihrem Ritual zu kommen. Die Debby Blade! Wow!

Debby hielt vor dem Ritualplatz an. Sie atmete schwer.

Als sie einige Augenblicke später wieder bei Atem war, fragte sie: »Darf ich den magischen Kreis betreten?«

»Ja, herzlich willkommen!«, sprudelte es aus Gerda heraus. »Wir haben dich schon erwartet.«

»Habt ihr?«

»Abraham hatte uns gesagt, dass noch jemand kommt. Was für eine tolle Überraschung. Es ist uns eine Ehre.«

»Oh, wunderbar. Ich bin also nicht zu spät?«

»Nur ein wenig. Aber das ist nicht so schlimm.«

Die anderen hielten inne. Einige standen mit offenem Mund da. Offenbar waren sie nicht weniger überrascht als Gerda.

Hatte es vielleicht genau so sein sollen, dass Debby erst jetzt kam, damit Gerda sich ihren Ängsten stellen und den Mut finden musste, das Ritual alleine zu beginnen?

»Sollen wir jetzt Met und Brot segnen?«, fragte Alex.

Gerda schaute zu Debby. »Möchtest du das vielleicht für uns tun?«

»Ich bin gerade erst angekommen. Am liebsten möchte ich einfach nur dabei sein. Ich habe in meinem Leben genug Rituale geleitet. Es ist schön, auch mal einfach nur teilzunehmen.«

»Okay«, sagte Alex.

Gerda nickte. »Gut, dann machen wir beide das jetzt.«

»Gerne«

Gerda sprach einen Segensspruch über den Met und Alex einen über das Brot. Dann wurde beides herumgereicht. Nachdem jeder Gelegenheit gehabt hatte, Met und Brot zu sich zu nehmen, trat Gerda näher ans Feuer und hielt inne.

7

.erda sprach feierlich:

»SAMHAIN IST DIE ZEIT, WENN DIE SONNE IM SKORPION STEHT, DEM DAS HAUS DES TODES ENTSPRICHT. ES IST EINE ZEIT DES LOSLASSENS. EIN JEDER VON UNS LASSE DAS LOS, WAS NICHT MEHR ZU IHM GEHÖRT.«

Dann nahm ein jeder das Stöckchen, das er vorbereitet hatte und lief *widdershins,* also gegen den Uhrzeigersinn, ums Feuer. Gerda dachte erneut über all die Sorgen nach, die sie loslassen wollte. Ihre Unsicherheiten, ihre Enttäuschungen.

Nach ein paar Runden stellte sie sich an das Feuer und sprach mit fester Stimme: »Ich lasse die Enttäuschung los, dass ich nicht das zweite Gesicht habe.« Dann warf sie das Stöckchen ins Feuer.

Nach und nach taten die anderen es ihr gleich. Jeder ließ etwas anderes los.

Währenddessen stellte sich Debby zu Gerda. »Ich habe gehört, was du am Feuer gesagt hast.«

Gerda schaute sie mit weit offenen Augen an.

»Ich verstehe, dass dich das Thema bekümmert,«, fuhr Debby fort, »aber ich spüre, dass du auf einem guten Weg bist.«

»Woher willst du das wissen?«

»Nenne es Intuition von jemandem, der diesen Weg bereits lange vor dir gegangen ist. Das zweite Gesicht zeigt sich, wenn die Zeit reif ist. Und wenn es so weit ist, wirst du feststellen, dass du es bereits hattest, lange bevor du es bemerkt hast.«

»Meinst du wirklich?«

»Ganz bestimmt! Du musst nur Geduld haben.«

<h2 style="text-align:center">8</h2>

erda starrte eine Weile ins Feuer.

Es war still um sie herum geworden. Alle anderen hatten ihr Stöckchen bereits ins Feuer geworfen. Wie lange warteten die anderen schon?

Wieder hörte sie das Rufen des Uhus. In manchen Kulturen war die Eule ein Bote des Todes und des Unheils. War das ein schlechtes Omen?

Der Wind drehte sich und blies ihr den Rauch des Ritualfeuers in die Augen.

Gerda schaute sich um. Die Schatten des flackernden Feuers malten dämonische Umrisse auf die umliegenden Bäume und Felsen. Warteten die Geister der Toten außerhalb des Ritualkreises auf sie?

Sie spürte einen kalten Schauer durch ihre Glieder fahren. War das der Wind? War es kälter geworden oder war nur das Feuer schon etwas runtergebrannt? Oder fror sie von innen heraus? Wer wusste, was noch dort außerhalb des Kreises auf sie alle wartete? Sie hörte ihr eigenes Herz klopfen.

Es wurde Zeit, das Ritual zu beenden. Doch zuvor war es üblich, dass alle Teilnehmer den schützenden Kreis verließen und beim Wiederbetreten des rituellen Raumes übers Feuer sprangen und so die Seelen der Verstorbenen ins Licht führten.

Das Feuer war tatsächlich schon ein wenig heruntergebrannt, dennoch war es nicht ganz einfach. In vergangenen Ritualen hatten sich unvorsichtige Teilnehmer dabei schon mal leicht verletzt.

Gerda hatte in der Vorbesprechung allen erklärt, dass nur diejenigen springen sollten, die sich das auch ganz sicher zutrauten. Mindestens genauso wichtig war, es mit der richtigen inneren Haltung zu machen.

Gerdas Blick schweifte in die Ferne. Was war das? In einem Strauch raschelte es. Es wirkte wie ein größeres Tier. Vielleicht ein Wildschwein? Oder gar ein Wolf? Gab es in dieser Gegend noch Wölfe? Wahrscheinlich nicht. Sie schaute zu den anderen.

Olaf hatte auch auf das Rascheln reagiert. Er wirkte unruhig. Immer wieder rieb er sich die Bisswunde.

Sonst schien keiner etwas bemerkt zu haben. Bildete sie sich das alles nur ein? Für einem Moment glaubte sie, die Umrisse eines Wolfes gesehen zu haben. Unsinn. Sie war sich sicher, dass es hier keine Wölfe gab. Jedenfalls keine *normalen* Wölfe …

Die Zeit den Ritualkreis zu verlassen war gekommen, aber was, wenn sie damit sich und die anderen einer unberechenbaren Gefahr auslieferte? Zwar hatte sie mit Debby Blade eine wirklich erfahrene *weise Frau* an ihrer Seite, aber im Grunde war es doch immer noch ihre Verantwortung.

Das Pfeifen des Windes klang wie ein Rudel Wölfe, das den Mond anheulte. Nein, es war einfach nur der Wind. So wie der Wind sich eben anhörte. Oder nicht? Wer wusste schon, was dort draußen außerhalb des Schutzkreises auf sie wartete?

Wieder fummelte sie an ihrem *EarthCraft*-Amulett herum. Wenn sie doch nur wahrnehmen könnte, was in der astralen Welt vor sich ging. Dann würde sie sich nicht so hilflos fühlen.

»Beruhige dich!«, sagte Debby. »Alles, was du in dir trägst und was du ins Ritual mit hereinbringst, wird durch das Ritual noch verstärkt. Wenn du an einem Ritual teilnimmst und umso mehr, wenn du es leitest, musst du stets das Beste in dir hervorbringen.«

Hatte Abraham nicht etwas ganz Ähnliches gesagt? »Ich weiß aber nicht, ob es sicher ist, alle anzuleiten, den Kreis zu verlassen.«

Alex schaute herüber. »Warum sollte es das nicht sein?«

»Was sagt dir deine Intuition?«, fragte Debby.

Gerda biss sich auf die Lippe. »Ich bin mir unsicher. Es fühlt sich nicht richtig an, es nicht zu tun, aber dennoch habe ich auch großen Respekt vor der Verantwortung.«

»Respekt ist gut«, sagte Debby. »Nimm dir einen Moment Zeit!«

Gerda nahm ein paar tiefe Atemzüge. Ja es war richtig, sich der Aufgabe zu stellen.

»Und was sagt dir deine Intuition jetzt?«

»Wir sollten es tun«, antwortete Gerda. Sie verließ den schützenden Kreis. Sie zwang sich innerlich alle verlorenen Seelen einzuladen, ihr zu folgen und mit ihr den Ritualplatz zu betreten.

Wieder heulte der Wind auf. Alle sangen gemeinsam:

»DAS FEUER BRENNT HELL
UND DIE FLAMMEN SIND DICHT
FOLGE UNS, FOLGE UNS, FINDE DAS LICHT«

Kathi und Anika öffneten die Schwerterbarriere erneut.

Gerda nahm Anlauf und sprang. Alles passierte in Augenblicken. Als sie aufkam, hatte sie das Gefühl, durch die Flammen gereinigt worden zu sein. Sie hatte wieder festen Boden unter den Füßen und war nicht in die Glut getreten. Sie atmete tief durch.

Die anderen folgten ihr alle durchs Feuer, außer Olaf, wegen seines Beins, und Debby, die murmelte: »Ich bin mittlerweile wohl zu alt für solche Sachen.«

Gerda nickte in einer Weise, von der sie hoffte, dass sie verständnisvoll wirkte.

Dann schaute sie sich um. Hatte es funktioniert? Was, wenn sie irgendwelche Geister gerufen hatten, die nicht ins Licht gegangen waren? Sie atmete noch ein paarmal tief durch. Alles schien normal zu sein. Aber was, wenn sie sich irrte. Sie blickte zu Debby.

Debby lächelte. »Es ist alles gut. Alle Seelen sind da, wo sie hingehören.«

Ein tonnenschweres Gewicht wurde von Gerdas Schultern genommen.

Halb in Gedanken griff sie den Met und bedeutete Alex, das Brot zu nehmen und beides wurde noch einmal herumgereicht.

Dann wurde den Kräften der Elemente, den Geistern des Landes und der göttlichen Urquelle gedankt und der Kreis verlassen. Das Ritual war zu Ende.

9

ls sie danach noch einem Moment am Ritualfeuer standen, strahlte Debby Gerda an. »Du hast das ganz toll gemacht. Du wirst eines Tages eine hervorragende *weise Frau* sein. Ich bin sehr glücklich zu sehen, wie das, was ich Abraham gelehrt habe, in dir weiterlebt.«

Gerda wusste erst gar nicht, wie sie reagieren sollte. Sie vergaß sogar, ‚Danke' zu sagen.

Dann bemerkte sie die Lichter eines Autos an der Landstraße. Hatte es dort gewartet oder war es ein anderes?

Debby schien ihre Gedanken zu erraten. »Da ist mein Taxi. Ich fürchte, ich muss schon wieder gehen.«

KAPITEL 9

»Vielen Dank, dass du uns besucht hast!«, platzte es aus Gerda heraus.

Zum Abschied winkte Debby allen nochmal zu und machte sich auf den Weg zu dem wartenden Wagen. Gerda schaute ihr noch einen Moment nach und winkte ihr hinterher, bis das Taxi abgefahren war.

Alex kam zu ihr. »Was ist?«

»Sie ist total nett. Ich bin sehr froh, sie kennengelernt zu haben. Schade, dass sie schon wieder gehen musste.«

»Von wem redest du?«

»Die ältere Dame, die am Ritual teilgenommen hat. Hast du sie nicht erkannt? Das war Debby Blade.«

»Da war keine ältere Dame.«

»Was?« Gerda schaute hilfesuchend zu Kathi, die auch in der Nähe stand.

Kathi zuckte mit den Schultern. »Alex hat recht. Da war wirklich keine alte Dame.«

»Aber ihr habt doch gesehen, wie sie aus dem Taxi kam, und—?«

»Da war auch kein Taxi«, betonte Alex.

»Kein Taxi?«

Kathi schüttelte den Kopf. »Ganz sicher nicht.«

Später am Abend saßen sie noch eine Weile zusammen ums Feuer.

Anika versorgte Olafs Wunde. »Du hast Glück, dass es kein Werwolfsbiss war«, scherzte sie mit Blick zum Vollmond.

Gerda zuckte kurz zusammen.

»Blödsinn«, sagte Alex. »So funktioniert das nicht. Erinnert ihr euch nicht, was Abraham auf dem magischen Selbstverteidigungsseminar erklärt hat?«

»Was meinst du?«, fragte Gerda.

»Der Biss eines Werwolfs ist kein wirklicher Biss, sondern, wie beim Vampirglauben auch, eine Metapher dafür, dass die Aura beschädigt ist und das Opfer dadurch Lebensenergie verliert.«

Anika runzelte die Stirn. »Und wieso heißt es, dass das Opfer auch zum Monster wird?«

Alex legte noch etwas Holz aufs Feuer. »Diese Idee kommt daher, dass die beschädigte Aura des Opfers, wie ein Vakuum, ebenfalls oft unbewusst die Lebenskraft anderer absaugt. Nur, dass der Vampir ein Verstorbener ist und der Werwolf noch lebt und unterwegs ist, wenn der unbewusste tierische Anteil – sozusagen der Schattenaspekt – die Kontrolle übernimmt.«

»Schattenaspekt?«

»Unsere unausgeglichenen Ängste, Aggressionen und Begierden – aber die werden eben nicht durch einen Biss übertragen.« Er schubste mit einem langen Ast ein paar brennende Scheite vom Rand des Feuers zurück in die Glut. »Wenn in einer außerkörperlichen Erfahrung das niedere tierische Selbst des Menschen die Kontrolle übernimmt und andere Menschen angreift, dann kann man, laut Abraham, aus okkulter Sicht von einem Werwolf sprechen.«

»Gibt es das wirklich?«

»Es kommt in der Tat eher selten vor.«

Olaf schmunzelte. »Dann werde ich also kein Werwolf?«

»Jedenfalls nicht wegen einem Biss.«

»Da bin ich aber froh.«

Gerda nickte.

10

m nächsten Morgen telefonierte Gerda mit Abraham.

»Und, wie ist das Ritual gelaufen?«, fragte er.

»Ich glaube gut.«, Sie tastete nach ihrem *EarthCraft*-Amulett, das sie gestern nicht ausgezogen hatte. »Sag mal, du hast uns doch jemanden geschickt, der mich unterstützten sollte, nicht wahr?«

»Ja, ich hatte Anna gebeten zu kommen. Aber sie hatte leider eine Reifenpanne. Sie hatte wohl versucht, sich zu melden, aber dein Handy war offenbar schon aus. Tut mir leid.«

Gerda verzog das Gesicht. »Anna?« Irgendwie hätte sie darauf auch kommen können. Abraham würde ihr eine Eingeweihte als Unterstützung schicken. Anna war ja eine von seinen fortgeschrittensten Studentinnen. Und sie war alles, was Gerda nicht war.

»Ja, warum fragst du?«

»Ähm, nur so. Und sonst hast du niemanden geschickt?«

»Nein, wieso? Offenbar seid ihr auch so gut zurechtgekommen.«

Sie seufzte. »Ja, aber was wäre gewesen, wenn nicht?«

»Das Ritual ist eigentlich so aufgebaut, dass nicht viel Schlimmes passieren kann, wenn man sich an die Anweisungen hält und, wie du, unsere *EarthCraft*-Ausbildung vollständig durchlaufen hat. Hast du dir denn ernsthaft Sorgen gemacht?«

»Ein bisschen schon.«

KAPITEL 10

»Das hättest du nicht müssen.« Abraham lachte. »Sorgen und Ängste sind schlechte Astralvisionen[5], hat ein berühmter Magier mal gesagt.«

Ihre Mundwinkel verzogen sich zu einem zaghaften Lächeln. »Du hast wie immer recht. Ich mache mir manchmal einfach zu viele unnötige Sorgen.«

»Ich hatte nie Zweifel, dass du das kannst, sonst hätte ich dir nie die Leitung des Rituals übertragen. Und kleine Herausforderungen sind gut für deine Weiterentwicklung.«

»Vielen Dank, dass du mich ermutigt hast, es durchzuziehen!« Eine Träne kullerte über ihre Wange. »Es ist wunderbar, einen Lehrer zu haben, dem man vertrauen kann und der einem vertraut.«

»Es ist auch wunderbar, Studenten zu haben, die einem vertrauen und denen man vertrauen kann.«

»Ähm, Abraham …« Gerda blickte auf den Boden und biss sich auf die Lippe. »Sag mal, … hast du eigentlich in letzter Zeit was von Debby Blade gehört? Weißt du, ob sie irgendwann in Deutschland war?«

»Debby Blade?«

»Ja, genau.«

»Debby ist vor einigen Jahren verstorben. Wusstest du das nicht?«

Sie schlug sich die Hand auf den Mund. »Nein, das wusste ich nicht.«

»Wie kommst du auf Debby? Sie wollte immer mal sehen, wie wir die Tradition weitergeben. Es kam aber leider nie dazu, da sie in England lebte und als sie älter wurde, war die Anreise zu beschwerlich. Aber ich denke manchmal, sie ist bestimmt im Geiste bei uns.«

---

[5] *Magick Without Tears*, By Aleister Crowley, Chapter LXIII: Fear, a Bad Astral Vision.

Gerda schwieg einen Moment. »Ich glaube, du hast recht.« Sie spielte an der Schnur ihres Amulettes herum. »Darf ich dir die Tage noch einen Bericht zu dem Ritual schicken? Ich weiß, wir machen das zwar in der Erdmagie normalerweise nicht, aber ich würde gerne deine Meinung zu etwas wissen.«

»Ja, mach das.«

»Danke! Noch was, wann genau beginnt eigentlich die nächste Ausbildung in Hellsichtigkeit?«

»Du meinst *Qabbalah Nevuit?* «

»Ja.«

»Im Frühjahr, vermutlich Februar oder März, warum?«

»Ach, nur so. Ich freue mich schon drauf.«

NACHWORT

ieber Leser, diese Geschichte basiert ausschließlich auf Erfahrungen, wie sie Studenten der Mysterien oder der Erdmagie tatsächlich machen können.[6] Wenn Du mehr über die Themen dieser Geschichte lernen willst, schaue in das Glossar im Anhang oder besuche unsere Webseite unter:

www.occultfiction.com

Wenn Dir diese okkulte Kurzgeschichte gefallen hat und Du gerne weitere Geschichten dieser Art lesen möchtest, freuen wir uns, von Dir zu hören. Die beste Art, Dankeschön für diese Kurzgeschichte zu sagen und uns zu motivieren, mehr davon zu veröffentlichen, ist, sie mit Deinen Freunden zu teilen. (Wir freuen uns über jeden Link auf Deinen sozialen Medien wie Facebook, Instagram oder Twitter, bzw. X.)

Wenn Du diese Geschichte als Hörbuch hören möchtest, klicke ebenfalls hier: www.occultfiction.com

---

[6] *Achtung, es folgt ein Spoiler!!!* Vielleicht fragt sich der eine oder andere Leser, ob sich das zweite Gesicht wirklich so äußert wie in der Geschichte. Psychologisch gesehen ist beispielsweise das, was Gerda gesehen hat, eine Halluzination. (Aus okkulter Sicht kann eine nicht-physische Wesenheit als Halluzination wahrge-nommen werden.) Dass eine Halluzination – wie in der Geschichte – für real gehalten wird, ist sehr selten, kann aber in tieferen Trancezuständen, die auch durch ein Ritual induziert werden können, vorkommen. Siehe: →*Halluzination*

Wenn Du über das Erscheinen weiterer Geschichten informiert werden möchtest, kannst Du unseren Newsletter abonnieren.[7] Je mehr positives Feedback wir erhalten und je mehr Menschen Interesse an dieser Art Kurzgeschichte bekunden, desto eher kommt die

Newsletter

nächste Geschichte heraus. Wenn das Interesse groß genug[8] ist, dann veröffentlichen wir in dieser Weise vielleicht sogar demnächst einen ganzen okkulten Roman mit denselben Haupt- und Nebenfiguren.

Du kannst uns auch gerne auf Patreon, Subscribestar oder Buymeacoffee unterstützen:

https://www.patreon.com/occultfiction
https://www.subscribestar.com/occultfiction
https://buymeacoffee.com/occultfiction

---

[7] www.news-de.occultfiction.com

[8] Wie groß das Interesse ist, bewerten wir nach der Verbreitung der Geschichte, dazu zählen die Anzahl positiver Bewertungen auf Amazon und anderen Portalen, sowie Viewzahlen, Likes, positive Kommentare und Shares auf diversen Plattformen wie YouTube, X (Twitter), Facebook, Instagram und anderen – und natürlich auch besonders unsere Unterstützer auf Patreon, Subscribestar oder Buymeacoffee.

INTERVIEW MIT SALOMO BAAL-SHEM

Qabbalah.de: Woher kam die Inspiration, eine okkulte Kurzgeschichte zu schreiben?

SBS: Viele Menschen haben noch nie rituelle Magie oder Mysterienschulung erlebt und sind vielleicht daran interessiert, eine Geschichte zu lesen, die ihnen eine Vorstellung davon vermittelt, wie es wirklich ist.

Qabbalah.de: Für wen ist diese Geschichte gedacht?

SBS: Für alle, die Geschichten mögen, in denen es um Magie, Mysterien und übernatürliche Kräfte und Phänomene geht.

Qabbalah.de: Ist es eine Harry Potter-Geschichte für Erwachsene?

SBS: Sie unterscheidet sich auf jeden Fall von Harry Potter, da sie die Magie so beschreibt, wie sie wirklich praktiziert und erlebt wird.

Qabbalah.de: Wie unterscheidet sich die Magie in der Geschichte von der in Harry Potter?

SBS: Bei Harry Potter sprechen die Leute einen Zauberspruch, schwingen einen Zauberstab, und dann geschieht etwas mit einem Blitz oder einer Rauchwolke. So funktioniert rituelle Magie nicht.

Qabbalah.de: In der Einleitung der Geschichte heißt es, die Geschichte beschreibt Erfahrungen, die es im Okkultismus und in den westlichen Mysterien tatsächlich gibt. Zeigt diese Geschichte wirklich genau, was Menschen in einem Ritual erleben?

SBS: Ich möchte nichts spoilern, aber im Großen und Ganzen ja. Natürlich ist die Erfahrung der Hauptfigur einzigartig, und jeder macht in einem solchen Ritual seine eigene, einzigartige Erfahrung. Ich habe versucht, das Gefühl, an einem solchen Ritual teilzunehmen, in die Geschichte zu packen. Und diejenigen Leser, die an solchen Ritualen teilgenommen haben, haben mir bestätigt, dass es sie direkt zurückversetzt und mit ihren eigenen Erfahrungen in der Erdmagie verbindet.

Qabbalah.de: Die Geschichte ist Paddy Slade gewidmet, einer deiner Lehrerinnen.

SBS: Ja, das Ritual in der Geschichte basiert tatsächlich auf einem Ritual, das ich für einen Kurs in "Old Wild Magic of Country Witchcraft" geschrieben habe, den sie unterrichtete. Es war das erste Ritual, das ich während des Kurses schrieb. Es gefiel ihr so gut, dass sie mich fragte, ob sie es in ihren Kurs aufnehmen könne, als Beispiel für andere.

Qabbalah.de: Du warst also ein Naturtalent?

SBS: Nun, man muss bedenken, dass ich, als ich ihren Kurs besuchte, bereits ein Eingeweihter der Mysterien war, eine Menge Erfahrung in ritueller Magie hatte und meine eigene Loge leitete, die später zur Bruderschaft des Ewigen Lichts wurde.

Qabbalah.de: So haben dann viele andere von deiner Erfahrung profitiert.

SBS: Leider gab es, soweit ich weiß, nicht viele andere, die den Kurs gemacht haben. Aber eine Version dieses Rituals wird immer noch in unserer EarthCraft-Tradition verwendet.

Qabbalah.de: Wenn also jemand wissen will, wie es ist, daran teilzunehmen, kann er die Geschichte lesen.

SBS: Nun, in dem Maße, in dem man es beschreiben kann, würde ich sagen: Ja! Aber wenn man es wirklich wissen will, muss man es selbst erleben.

Qabbalah.de: Wie können die Leute das tun?

SBS: Nun, sie können sich auf unserer Website informieren: www.earthcraft.info Dort finden sie Informationen über die nächsten Veranstaltungen.

Qabbalah.de: Wie können die Menschen mehr über die anderen Ausbildungen wie rituelle Magie, spirituelle Selbstverteidigung oder Seherschaft erfahren, die ebenfalls in dem Buch erwähnt werden?

SBS: Es gibt weitere Infos und nützliche Links zu diesen Themen im Glossar des Buches. Wir haben Webseiten für jedes dieser Themen. Einige davon sind im Glossar zu finden, aber man kann alle unsere Schulungen und Veranstaltungen auf unserer Haupt-Website finden: www.boel-mystery-school.org

Qabbalah.de: Hast du noch Kontakt zu Paddy Slade?

SBS: Leider ist Paddy vor ein paar Jahren verstorben. Als ich die Idee zu der Geschichte hatte, wusste ich das noch nicht. Ich denke, sie hätte die Geschichte gemocht. Sie hat selbst ein paar Kurzgeschichten geschrieben. Ich wusste, dass sie umgezogen war, aber ich hatte ihre aktuelle Adresse nicht, und schließlich erzählte mir ein Freund, der in England lebt, davon. Ich denke, dass die Geschichte eine gute Hommage an sie ist. Wer weiß, vielleicht hat ihr Geist sie irgendwie inspiriert.

Qabbalah.de: Das ist ein schöner Gedanke. Sind noch weitere okkulte Geschichten geplant?

SBS: Die nächste Geschichte ist bereits geschrieben. Diesmal wird Abraham die Hauptfigur sein und jemand will ihn als Exorzisten anheuern, um einen Fluch zu lösen.

Qabbalah.de: Wow, klingt ja spannend. Wann ist es soweit?

SBS: Genaue Daten werden über den Newsletter versendet, zuerst mal geht der Text an die Testleser.

Qabbalah.de: Werden noch Testleser gesucht?

SBS: Eventuell. Auch das schreiben wir dann im Newsletter.

Qabbalah.de: Wird es auch irgendwann einen längeren Roman geben?

SBS: Vielleicht einen Einweihungsroman, der die Entwicklung eines Menschen zum Eingeweihten der Mysterien schildert. Aber das hängt davon ab, wie stark das Interesse an den Kurzgeschichten ist. Wenn wir damit wirklich Leute erreichen können, dann kommt der Einweihungsroman auf jeden Fall und wahrscheinlich auch weitere Kurzgeschichten.

Qabbalah.de: Woran macht ihr es denn fest, wie stark das Interesse ist?

SBS: Zum einen natürlich an den Verkaufszahlen und daran, ob wir positives Feedback der Leser bekommen oder mitbekommen, dass sie sich von den Geschichten positiv inspirieren lassen. Besonders schön ist es natürlich, wenn wir tolle Reviews auf Amazon, Audible und anderen Plattformen bekommen, oder Leser uns auf Patreon, Subscribestar oder Buymeacoffee unterstützen, oder durch die Geschichten inspiriert werden, vielleicht mal an einer Veranstaltung teilzunehmen.

Qabbalah.de: Dann werde ich mal gleich eine 5-Sterne-Bewertung bei Amazon und Audible schreiben und die Geschichte meinen Freunden weiterempfehlen.

SBS: Vielen Dank, das würde mich freuen!

Qabbalah.de: Danke für das Interview.

SBS: Gern geschehen!

ANHANG: GLOSSAR

CHARAKTERE

DISCLAIMER: Die Geschichte, alle Namen, Charaktere, Organisationen und Begebenheiten, die in diesem Buch dargestellt werden, sind (mit Ausnahme der Verfasser verschiedener Zitate in den Epigraphen) fiktiv. Eine Identifizierung mit tatsächlichen Personen (lebenden oder verstorbenen), Orten, Gebäuden und Produkten ist weder beabsichtigt noch sollte sie angenommen werden. (Mehr Informationen über die Charaktere werden im Anhang des zweiten Bandes der zugehörigen Romanreihe und/oder auf unserer Webseite zu finden sein.)

Einige Figuren wurden von historischen Personen inspiriert. Keine dieser literarischen Figuren dieses Romans sollte jedoch mit diesen historischen Vorbildern identifiziert werden. Alle diese Figuren basieren auf mehreren Inspirationsquellen und weichen in wesentlichen Details von jeder dieser Vorlagen ab. Wenn keine historischen Vorbilder in diesem Anhang oder auf unsere Webseite erwähnt wurden, sollten auch keine angenommen werden. Aussagen und Handlungen der fiktiven Figuren sollten nicht den Vorlagen zugeschrieben werden. Dasselbe gilt entsprechend für Orte von Handlungen, welche von tatsächlich existierenden Orten oder Gebäuden inspiriert sind.

(Achtung: Das Glossar enthält zahlreiche mögliche SPOILER!!!)

IDEEN UND KONZEPTE

Zu vielen Themen dieses Buches findest Du weitere Informationen in unserem kostenlosen Onlinekurs[9] und in unserem offiziellen YouTube-Kanal.[10] Überall wo der „Play Button" ▶ zu sehen ist, gibt es ein Video auf unserem offiziellen YouTube-Kanal. In der E-Book-Version ist der Button anklickbar und führt direkt zum Video. Alle untenstehenden Links (und aktuelle Links, falls sich ein Link mal ändert, sowie ggf. zusätzliche, hier nicht aufgelistete kostenlose weiterführende Videos) findest Du auch hier:

www.occultfiction.com

Amulett: Ein durch →Magie geladener oder geweihter Gegenstand, der eine Schutzfunktion ausübt. Siehe auch: →*Weiheritual.* (Das →*EarthCraft*-Amulett von Gerda im Buch stellt genaugenommen nach okkulter (→*Okkultismus*) Terminologie ein „Lamen" dar.)

Anderswelt: Allgemein die nicht-physische Welt, insbesondere die →*Astralebene.*

Astralebene: Die →*Ebene*, durch die →*Magie*, →*Astrologie* und →Hellsichtigkeit wirken. Sie wird zwischen der materiellen (→*Materielle Ebene*) und der →*Mentalebene* verortet, und auch mit Gefühlen und mit dem →*Unterbewusstsein* und dem niederen Selbst (→*Niederes Selbst*) assoziiert. In der →*Seele* entspricht

---

[9] www.qabbalah.de/online_kurse.html
[10] YouTube-Kanal:
https://www.youtube.com/user/QabbalahDE1

dieser Ebene der →*Astralkörper*. Die Einflüsse dieser Ebene sind Gedankenformen (→*Gedankenform*). ▶ Mehr dazu hier: www.qabbalah.de/magische-gedankenformen.html

Astralkörper: Der zur →*Astralebene* gehörende „Körper" der →*Seele*.

Astrologie: Die Wissenschaft und Kunst aus dem Stand der Gestirne auf die Einflüsse der →*Astralebene* zu schließen. (Häufige Missverständnisse beruhen auf der Fehlannahme, dass von den Gestirnen eine Wirkung ausginge oder dass sie die Umstände der materiellen Ebene (→*Materielle Ebene*) anzeigen würden. Die qabbalistische Astrologie basiert auf dem →*Baum des Lebens*. ▶ Siehe: www.qabbalah.de/astrologie-ausbildung-online.html

Ätherische Ebene: bezeichnet die →*Ebene*, die die →*Physische Ebene* mit der →*Astralebene* verbindet. Sie ist eine Unterebene der materiellen Ebene und wird bei einer außerkörperlichen Erfahrung (→*Außerkörperliche Erfahrung*) bewusst betreten. ▶ →*Materielle Ebene*

Ätherkörper: Der zur ätherischen Ebene (→*Ätherische Ebene*) gehörende „Körper" der →*Seele*.

Aura: Die (Schutz-)Hülle des Ätherkörpers (→*Ätherkörper*) oder Astralkörpers (→*Astralkörper*). Wie man sie schützt: www.qabbalah.de/spirituelle-selbstverteidigung-online.html
Wie man sie heilt: www.refuah.de

Außerkörperliche Erfahrung: (AKE): ist das Projizieren des Ätherkörpers (→*Ätherkörper*) bzw. Verlassen des physischen Körpers mit dem ätherischen. (→*Ätherische Ebene*) Weitere Infos und praktische Anleitungen: www.qabbalah.de/medi_ake_kurs.html

Baum des Lebens (hebr. עֵץ חַיִּים *Etz Chajim*): ist das zentrale Symbol (oder Mandala) der →*Qabbalah*. Er ist ein mystisches Diagramm, das die archetypischen Urprinzipien der menschlichen Seele und des Universums sowie die Stationen der →*Einweihung* darstellt. Er besteht aus zehn Sefirot (→*Sefirah*) und 22 Verbindungspfaden (→*Pfade*). Es ist auch die Grundlage der →*Astrologie* und des →*Tarot*. ▶

Blue Moon: Die englische Redewendung „Once in a blue moon" bezeichnet ein sehr seltenes Ereignis. Es handelt sich um einen zweiten Vollmond innerhalb eines Monats im gregorianischen Kalender.

EarthCraft: Im Buch ist es der alte Weg der erdmagischen Arbeit mit dem Land, den Abraham von Debby Blade gelernt hat. (→*Erdmagie*). Mehr über die gleichnamige Vorlage hier: www.earthcraft.info ▶

Ebene: Die Ebenen sind nach der Lehre der →*Mysterien* die Bereiche des Daseins. Die jeweils höhere Ebene regiert die niedere. Siehe: →*Materielle Ebene*, →*Physische Ebene*, →*Ätherische Ebene*, →*Astralebene*, →*Mentalebene*, →*Spirituelle Ebene*. ▶

Einweihung: Einweihung in die →*Mysterien* ist das Erreichen der (jeweils) nächsten höheren Entwicklungsstufe der →*Seele* (vergl. Erleuchtung in der östl. Trad.) und erfolgt innerhalb einer authentischen →*Mysterienschule*. (Der Begriff wird häufig inflationär verwendet. Aufnahmerituale in die Freimaurerei oder →*Wicca* und Ausbildungen oder

Weiherituale (→*Weiheritual*) in →*Erdmagie*, →*Neo-Schamanismus* oder Reiki stellen beispielsweise keine Einweihung im Sinne der Mysterien dar.) Mehr dazu: www.qabbalah.de/schluessel-zur-einweihung.html ▷

Erdmagie: Die →*Magie* des Landes (→*Naturmagie*). ▷

Fee: Feen sind Naturgeister (→*Geist*). Nicht-physische Wesen, die vor allem auf der ätherischen (→*Ätherische Ebene*) und →*Astralebene* existieren.

Gabenteller: Ein Teller oder eine Scheibe (Pentakel), auf der im →*Ritual* die Opfergaben, Speiseopfer oder rituellen Speisen dargeboten werden.

Gedankenform: Eine durch →*Magie* erschaffene Form auf der →*Astralebene*, die unsere Realität wirksam beeinflusst. ▷ Mehr dazu hier: www.qabbalah.de/magische-gedankenformen.html

Geist: Ein nicht-physisches Wesen. Der klassische Spukgeist ist entweder eine →*Verlorene Seele* oder die leere ätherische Hülle eines Verstorbenen.

Gesicht, zweites: die (oft fälschlicherweise als erblich angesehene) Gabe zur →*Hellsichtigkeit*.

Geweihtes Wasser: Wasser, das in einem →*Weiheritual* magisch (→*Magie*) aufgeladen und geweiht wurde. Es wird häufig zur Reinigung verwendet. (Das Weihwasser der Kirche wird in den →*Mysterien* und in der →*Erdmagie* nicht verwendet, da weder die Absicht noch die Kraft der Weihe geeignet sind.)

Göttlicher Plan: Der Sinn der Schöpfung. Einblick in denselben wird der Einweihungsstufe (→*Einweihung*)

der Prophetie zugeordnet. Siehe auch: →*Qabbalah Nevuit*

Haganat ha-Nefesh (hebr. הֲגָנַת הַנֶּפֶשׁ): bedeutet „Verteidigung der Seele". Im Buch ist es der westliche Weg der spirituellen Selbstverteidigung, der von Abrahams Lehrer Rabbi Chajim aus traditionellen Quellen entwickelt und gelehrt wurde. Mehr über die gleichnamige Vorlage hier: www.spirituelle-selbstverteidigung.com ▷

Halloween: leitet sich aus der englischen Bezeichnung „All Hallows Eve", dem liturgischen Vorabend von Allerheiligen, ab. Nach altem Volksglauben stiegen die Seelen (→*Seele*)der Verstorbenen an Allerseelen vom Fegefeuer auf und ruhten für kurze Zeit aus. Das heutige (auch kommerzielle) Fest ist u.a. aus dem keltischen →*Samhain* hervorgegangen.

Halluzination: (von lat. *alucinatio* „Träumerei" ICD-10 R44): Eine Wahrnehmung (z.B. Objekte, Stimmen) ohne physische externe Reizgrundlage. Im Gegensatz zur „Pseudohalluzination" (bei der der Wahrnehmende sich bewusst ist, dass es sich nicht um eine reale physische Wahrnehmung handelt) kann die Halluzination von der physischen Realität nicht unterschieden werden. Astrale Wahrnehmungen (→*Hellsehen*) treten (bei geschulten Hellsehern, siehe: →*Qabbalah Nevuit*) selten als Halluzinationen auf. Zu den Ursachen von Halluzinationen gehören neben pathologischen Faktoren wie Schlafentzug, Fieber, neurologische Störungen, Psychosen, Drogen (Halluzinogene und Psychedelika) und Drogenentzugserscheinungen auch nicht-pathologische tiefe Trancezustände (→*Trance*), wie sie (in seltenen Fällen) in →*Ritual* oder →*Meditation* vorkommen können.

Hellsehen: ist die Fähigkeit, die höheren bzw. nicht-physischen Ebenen, insbesondere die →*Astralebene*, wahrzunehmen. Siehe auch: →*Qabbalah Nevuit* ▶

Hellsichtigkeit: →*Hellsehen*

Hexenkunst: Ein anderer Begriff für →*Erdmagie*. (Nicht zu verwechseln mit Hexerei oder Behexung →*Schwarze Magie*.)

Hohe Magie: →*Magie* zum Zwecke, die höheren Kräfte der →*Seele* zu entwickeln. (Gegenteil: →*Niedere Magie*) Die höchste Form der Magie ist die →*Einweihung*. Hohe Magie ist immer auch →*Weiße Magie*.

Höheres Selbst: Unsere unsterbliche →*Seele*, die unseren Wahren Willen (→*Wahrer Wille*) kennt.

Hunter's Moon: Der englische Name für den →*Oktobervollmond*, so genannt, weil sein Licht für Jäger günstig ist.

Innere Ebenen: Die Ebenen (→*Ebene*) oberhalb der →*Mentalebene*. (Bei manchen Autoren alle Ebenen oberhalb der materiellen (→*Materielle Ebene*)

Jesod (יסוד): bedeutet „Fundament" und ist die neunte →*Sefirah* am →*Baum des Lebens*. Ihr wird der Mond, das →*Unterbewusstsein* und die →*Astralebene* zugeordnet. ▶

Kontakt: Ein nicht-inkarnierter Lehrer auf den inneren Ebenen (→*Innere Ebenen*). (In der →*Qabbalah* spricht man von einem *Maggid* (Hebr. מַגִּיד). Dion Fortune bezeichnet sie als „Lords of Light" und in der New Age-Szene werden sie oft als „aufgestiegene Meister" bezeichnet, allerdings sind nicht alle Kontakte menschlich; einige davon sind beispielsweise Erzengel.) Siehe auch: →*Qabbalah Nevuit* ▶

Lebensbaum: →*Baum des Lebens*

Lebensenergie: Die Vitalität des Ätherkörpers (→*Ätherkörper*) wird in der →*Qabbalah Chijut* (חיות) genannt, auch bekannt als ätherisches Fluidum, animalischer Magnetismus, Vitalkraft, Odkraft, Prana, Chi oder Ki. Zur Stärkung der Lebensenergie siehe: www.refuah.de

Magie: ist die höchste und heiligste Wissenschaft und Kunst, willentlich Bewusstseinsveränderungen zu verursachen, welche in der Lage sind, die Realität in der gewünschten Weise zu formen (→*Qabbalah Maasit*). Dies geschieht u.a. durch Rituale (→*Ritual*) und Gedankenformen (→*Gedankenform*). Man unterscheidet die →*Naturmagie* und →*Zeremonialmagie*, →*Niedere Magie* und →*Hohe Magie* sowie →*Weiße Magie* und →*Schwarze Magie*. Mehr dazu hier:
www.qabbalah.de/magie_einfuehrung.html ▶

Magischer Kreis: Das Abgrenzen und Schützen des rituellen Raums zu Beginn eines magischen (→*Magie*) Rituals (→*Ritual*).

Malchut (מלכות): bedeutet „Königreich" und ist die zehnte →*Sefirah* am →*Baum des Lebens*. Ihr werden die Erde und die materielle Ebene (→*Materielle Ebene*) zugeordnet. ▶

Materielle Ebene: Die →*Ebene* unterhalb der →*Astralebene*. Sie besteht aus der physischen Ebene und der ätherischen Ebene.

— →*Physische Ebene*

— →*Ätherische Ebene*

Meditation (lat. *meditatio* „Reflexion, Kontemplation, Studium, Übung, Vorbereitung"): Ist eine Sammlung von Techniken, um (oft mithilfe von →*Trance*) Zugang zu verschiedenen Ebenen (→*Ebene*) der →*Seele* zu erlangen. Ein →*Ritual* ist eine besondere Form der Meditation. Weitere Infos und praktische Anleitungen: www.qabbalah.de/medi_ake_kurs.html

Mentalebene: Die →*Ebene* mentaler Konzepte (Gedanken). Sie liegt zwischen der →*Astralebene* und der spirituellen Ebene. (→*Spirituelle Ebene*)

Mentalkörper: Der zur →*Mentalebene* gehörende „Körper" der →*Seele*.

Mysterien: Die Geheimlehren (→*Okkultismus*), wie sie in einer authentischen →*Mysterienschule* vermittelt werden. Der Kern der westlichen Mysterientradition (→*Westliche Mysterientradition*) ist die →*Qabbalah*. Die Stufen der →*Einweihung* entsprechen den Sefirot (→*Sefirah*) am →*Baum des Lebens*.

Mysterienschule: Eine authentische Mysterienschule lehrt die →*Mysterien* und ermöglicht dem Schüler →*Einweihung* in dieselben. Sie muss von einer ununterbrochenen →*Traditionslinie* abstammen und einen →*Kontakt* zu den inneren Ebenen (→*Innere Ebenen*) haben.

Naturmagie: Im Gegensatz zur →*Zeremonialmagie* (blauer Strahl) ist die Natur- oder →*Erdmagie* (grüner Strahl) primär niedere Magie (→*Niedere Magie*). In der Naturmagie geht es darum, sich mit den Naturkräften auf gleicher Ebene zu verbinden. Sie entspricht der (aus Sicht der →*Mysterien*) „vergangenen" Evolutionsphase bzw. der des sog. indigenen Menschen und der Naturvölker

Neo-Schamanismus: Eine moderne eklektische Form des →*Schamanismus*, oft ohne authentische →*Traditionslinie*. Für eine okkulte (→*Okkultismus*) Einführung siehe auch:
www.qabbalah.de/schamanenausbildung.html

Niedere Magie: →*Magie* zum Zwecke, die äußere Welt zu verändern. Dies setzt immer auch eine gewisse Kontrolle über die ‚innere Welt' voraus. Letztere wird durch →*Meditation* und →*Hohe Magie* erlangt.

Niederes Selbst: Der triebhafte Teil der →*Seele*. Das →*Unterbewusstsein* gehört zum niederen Selbst.

Okkultismus: (von lateinisch *occultus*, „verborgen", „geheim") ist[11] die Wissenschaft und Lehre von den „verborgenen Dingen", insbesondere von den Einflüssen der (für die Schulwissenschaft verborgenen) höheren Ebenen (→*Ebene*) auf die niederen.

---

[11] Basierend auf der Definition von Heinrich Cornelius Agrippa von Nettesheim (1486-1535), der diesen Begriff 1510 in einer ersten handschriftlichen Fassung seines Werks *De occulta philosophia* als erster verwendete.

Oktobervollmond: ist der Vollmond im Oktober. →*Hunter's Moon*

Pfade (am →*Baum des Lebens*): Die Verbindungslinien der Sefirot (→*Sefirah*) am →*Baum des Lebens*. Sie entsprechen den Trümpfen im →*Tarot*.

Physische Ebene: Die →*Ebene* physikalischer Körper, gehört zusammen mit der ätherischen Ebene zur materiellen Ebene. →*Ätherische Ebene* →*Materielle Ebene*

Praktische Qabbalah: →*Qabbalah Maasit*

Prophetische Qabbalah: →*Qabbalah Nevuit*

Qabbalah (hebr. קַבָּלָה): bedeutet „Tradition" oder „Überlieferung". (Andere Schreibweisen u.a. Kabbala, Cabala, etc.) Sie ist die hebräische Geheimlehre und der Kern und das Rückgrat der Westlichen Mysterientradition (→*Westliche Mysterientradition*). Ihr zentrales Symbol (oder Mandala) ist der →*Baum des Lebens*. Mehr dazu: www.qabbalah.de/intensivkurs_qabbalah_online.ht ml ▶
— Praktische →*Qabbalah Maasit*
— Prophetische →*Qabbalah Nevuit*

Qabbalah Maasit (hebr. קַבָּלָה מַעֲשִׂית): bedeutet „praktische →*Qabbalah*". Im Buch ist es der westliche Weg der →*Zeremonialmagie*, der von Abrahams Lehrer Rabbi Chajim aus traditionellen Quellen entwickelt und gelehrt wurde. Mehr über die gleichnamige Vorlage hier: www.praktische.qabbalah.de ▶

Qabbalah Nevuit (hebr. קַבָּלָה נְבוּאִית): bedeutet „prophetische →*Qabbalah*". Im Buch ist es der westliche Weg zu →Hellsichtigkeit, der von Abrahams Lehrer Rabbi Chajim aus traditionellen Quellen entwickelt und gelehrt wurde. Mehr über die gleichnamige Vorlage hier: www.prophetische.qabbalah.de ▶

Refuah (hebr. רפואה): bedeutet „Heilung". Im Buch ist es der westliche Weg der spirituellen Heilung, der von Abrahams Lehrer Rabbi Chajim aus traditionellen Quellen entwickelt und gelehrt wurde. Mehr zur gleichnamigen Vorlage hier: www.refuah.de ▶

Ritual: Eine Sequenz nach vorgegebenen Regeln ablaufender, meist formeller und oft feierlich-festlicher Handlungen mit hohem Symbolgehalt. In der →*Zeremonialmagie* (oder →*Erdmagie*) ein magischer Vorgang (→*Magie*), mithilfe von Gedankenformen (→*Gedankenform*) ein festgelegtes Ziel zu erreichen.

Samhain: In der Tradition (→*Traditionslinie*) der →*Erdmagie* ein Moment zwischen dem alten und neuen Jahr, zu dem der Schleier zwischen dem Diesseits und dem Jenseits (→*Anderswelt* →*Totenreich*) als besonders dünn gilt, so dass Wesenheiten von einer Welt leichter in die andere übertreten können. Das Fest ist der Ursprung von →*Halloween*. ▶

Schamanismus: Eine Form der →*Naturmagie*, die in sog. „traditionellen ethnischen (d.h. ausschließlich mündlich überlieferten) Religionen und Kulturen" (oft mithilfe von durch Rhythmusinstrumente oder Drogen induzierter →Trance) praktiziert wird. Siehe auch: www.qabbalah.de/schamanenausbildung.html ▶

Schattenaspekt: Die unintegrierte, unausgeglichene triebhafte Seite des Unterbewusstseins (→*Unterbewusstsein*).

Schwarze Magie: →*Magie*, die in Widerspruch zum göttlichen Plan (→*Göttlicher Plan*) ausgeführt wird. Oft aus egoistischen Motiven zum Schaden anderer. (Gegenteil: →*Weiße Magie*) ▷

Seele: Aus Sicht der →*Mysterien* besteht die Seele aus mehreren sterblichen Seelenteilen bzw. feinstofflichen Körpern, dem →*Ätherkörper*, →*Astralkörper* und dem →*Mentalkörper*, die Träger der eigentlichen unsterblichen Seele, dem höheren Selbst (→*Höheres Selbst*), sind.
—verlorene →*Verlorene Seele*

Sefirah (hebr. סְפִירָה; plural Sefirot סְפִירוֹת): Die zehn archetypischen Urkräfte des Lebens, der Seele und des Universums am →*Baum des Lebens* ▷

Skorpion: in der →*Astrologie* das achte Tierkreiszeichen. Es steht für Transformation. Das zugeordnete 8. Haus ist das Haus des Todes. ▷

Spirituelle Ebene: Die →*Ebene* des höheren Selbstes (→*Höheres Selbst*). Sie liegt oberhalb der →*Mentalebene*.

Spirituelle Heilung: →*Refuah*

Spirituelle Selbstverteidigung: →*Haganat ha-Nefesh*

Tarot: Ein Kartenorakel und Weisheitssystem basierend auf der →*Qabbalah* und dem →*Baum des Lebens*. www.qabbalah.de/intensivkurs_tarot_online.html ▷

Tiferet (תִּפְאֶרֶת): bedeutet „Schönheit" und ist die sechste →*Sefirah* am →*Baum des Lebens*. Ihr werden die Sonne, das reine Bewusstsein und das „Ich" zugeordnet. ▶

Tod: Der physische Tod ist (im Gegensatz zur vorübergehenden außerkörperlichen Erfahrung (→*Außerkörperliche Erfahrung*) die permanente Trennung des Ätherkörpers (→*Ätherkörper*) vom physischen Körper.

Totenreich: Sammelbegriff für die verschiedenen Stationen, welche die →*Seele* nach dem physischen Tod durchläuft.

Traditionslinie: In den →*Mysterien* die ununterbrochene Kette der Überlieferung von Wissen und Fähigkeiten (→*Einweihung*) von Lehrer zu Schüler.

Trance: Ein meditativer (→*Meditation*) oder hypnotischer Zustand, der Zugang zu den tieferen Schichten des Unterbewusstseins (→*Unterbewusstsein*) ermöglicht. Mehr dazu hier:
www.qabbalah.de/selbsthypnose.html

Unterbewusstsein: Der Teil der →*Seele*, der für Träume und unwillkürliche Prozesse (Atmung, Herzschlag, etc.) zuständig ist. →*Astralebene* →*Jesod* Für Kommunikation mit dem Unterbewusstsein siehe:
www.qabbalah.de/pendeln.html und
www.qabbalah.de/selbsthypnose.html

Vampir: Ein Verstorbener (bzw. Untoter), der nach dem physischen →*Tod* (im Gegensatz zur verlorenen Seele (→*Verlorene Seele*) bewusst nicht ins Licht geht und die →*Lebensenergie* von Lebenden (oft Kranken und Schwachen) absaugt, um den zweiten Tod zu vermeiden. ▶

Verlorene Seele: Eine →*Seele*, die nach dem physischen →*Tod* im →*Ätherkörper* umherirrt und nicht ins Licht gefunden hat. (→*Geist*)

Vollmond: in der →*Astrologie* der Zeitpunkt der Opposition von Sonne und Mond. Die solare Energie wird vom Mond reflektiert und fließt zur Erde. Dies verstärkt die meisten Formen von →*Magie* und Ritualen (→*Ritual*).

Wahrer Wille: Unsere heilige Lebensaufgabe und der wirkliche Sinn unseres Lebens. Er ist Teil des göttlichen Plans (→*Göttlicher Plan*) und entspricht unserem Höheren Selbst (→*Höheres Selbst*) und ist nicht zu verwechseln mit den Begierden des →niederen Selbstes (→*Niederes Selbst*).
Wie findet man seinen Wahren Willen: www.qabbalah.de/wahrer_wille_kurs.html ▶

Weiheöl: Salböl, das in einem →*Weiheritual* magisch (→*Magie*)aufgeladen und geweiht wurde. Es wird häufig zur Weihe anderer Gegenstände oder Personen verwendet.

Weiheritual: Ein →*Ritual*, das geeignet ist, eine Person oder einen Gegenstand für eine bestimmte okkulte (→*Okkultismus*) Kraft bzw. →*Gedankenform* zu weihen.

Westliche Mysterientradition: Sammelbegriff für die westlichen Traditionslinien (→*Traditionslinie*) der →*Mysterien*. Der Kern und das Rückgrat der westlichen Mysterientradition ist die →*Qabbalah*.

Weise Frau: In der →*Erdmagie* ein Begriff für die Frau, die das →*Ritual* leitet. (Männl.: Weiser Mann.)

Weiße Magie: →*Magie*, die in Einklang mit dem göttlichen Plan (→*Göttlicher Plan*) ausgeführt wird. (Gegenteil: →*Schwarze Magie*)

Werwolf: Wenn in einer außerkörperlichen Erfahrung das niedere tierische Selbst des Menschen die Kontrolle übernimmt und andere Menschen angreift, dann kann man aus okkulter Sicht von einem Werwolf sprechen. →*Außerkörperliche Erfahrung* →*Okkultismus*

Wicca: Eine moderne Religion, die sich auf die Hexentradition (→*Hexenkunst*) beruft. Aus Sicht der →*Mysterien* ist es wie alle Religionen ein exoterischer (= äußerlicher), kein esoterischer (= innerer) Weg und somit auch kein echter Einweihungsweg, auch wenn der Begriff der →*Einweihung* verwendet wird. Mehr dazu hier:
www.qabbalah.de/magie_hexenkunst_naturmagie_wicca.html ▶

Widdershins (von mittelniederdeutsch *weddersinnes*, „gegen den Weg" bzw. „in die entgegengesetzte Richtung"): ist im →*Ritual* die Bewegung gegen den Uhrzeigersinn. (Gegenteil: Deosil)

Zeremonialmagie: Die →*Magie* des blauen Strahls (→*Qabbalah Maasit*), in der es darum geht, das Leben und die Kräfte, die es beeinflussen, zu verstehen und zu meistern. Zeremonialmagie entspricht der heutigen Evolutionsphase des zivilisierten Menschen und sie existiert im Gegensatz zur →*Naturmagie* nur in Hochkulturen. Mehr dazu hier:
www.qabbalah.de/zeremonielle-magie.html ▶

DER FLUCH VON DARKSTONE MANOR

von Salomo Baal-Shem

Abraham, ein Eingeweihter und Adept der Mysterien, soll das verlassene Herrenhaus der Familie Blackwood, in dem es mehrere mysteriöse Todesfälle gab, von einem alten Fluch befreien. Der letzte, der dort übernachtet hat, wurde am nächsten Morgen tot aufgefunden. Verschweigt sein Auftraggeber ihm etwas? Welches schreckliche Geheimnis erwartet ihn dort und kann er den Fluch vor dem Morgengrauen auflösen?

Das Verlagslabel *Occult Fiction*
www.occultfiction.com

gehört zur

Bruderschaft des Ewigen Lichtes
(Brotherhood of the Eternal Light)
einer authentischen internationalen Mysterienschule, die
die Gesamtheit der westlichen Mysterien lehrt.
www.boel-mystery-school.org